D1462710

Nous remercions le Conseil des Arts du Canada,
le ministère du Patrimoine canadien et la SODEC
de l'aide accordée à notre programme de publication.

Illustration de la couverture
et illustrations intérieures:
Élisabeth Eudes-Pascal

Édition électronique:
Infographie DN

Dépôt légal: 1er trimestre 2001
Bibliothèque nationale du Canada
Bibliothèque nationale du Québec

1234567890 AGMV 054321

La dernière nuit de l'*Empress of Ireland*

COLLECTION
PAPILLON

DE LA MÊME AUTEURE
AUX ÉDITIONS PIERRE TISSEYRE

Collection Papillon
Les caprices du vent, 1998.
Le huard au bec brisé, 2000.

Collection Conquêtes
Le vol des chimères, 2000.

CHEZ D'AUTRES ÉDITEURS

Une photo dans la valise, Hurtubise HMH, 1995.
Le moussaillon de la Grande-Hermine,
      Hurtubise HMH, 1998.
L'orpheline de la maison Chevalier,
      Hurtubise HMH, 1999.
Le secret de Marie-Victoire, Hurtubise HMH, 2000.
Passeport pour l'an 2000, éditions de la Paix, 1999.
Le paravent chinois, éditions de la Paix, 2000.
La peur au cœur, Boréal Inter, 2000.
Le secret du bois des Érables, HRW, 1998.

Données de catalogage avant publication (Canada)

Ouimet, Josée, 1954-

  La dernière nuit de l'*Empress of ireland*

  (Collection Papillon ; 79)
  Pour les jeunes de 9 ans et plus.

  ISBN 2-89051-799-3

  1. Empress of Ireland (Bâteau à vapeur) – Roman,
  nouvelles, etc. pour la jeunesse
  I. Titre II. Collection : Collection Papillon (Éditions
  Pierre Tisseyre) ; 79.

PS8579.U444D47 2001   jC843'.54   C2001-940064-0
PS9579.U444D47 2001
PZ23.O94De 2001

La dernière nuit de
l'*Empress of Ireland*

roman

Josée Ouimet

**ÉDITIONS
PIERRE TISSEYRE**

5757, rue Cypihot, Saint-Laurent (Québec) H4S 1R3
Téléphone : (514) 334-2690 – Télécopieur : (514) 334-8395
Courriel : ed.tisseyre@erpi.com

A 9-14

*Le meilleur moyen
d'adoucir ses peines
est d'adoucir celles des autres...*

Madame de Maintenon

1

La nouvelle

— C'est bien vrai? Nous allons voir grand-père et grand-mère en Irlande?

Les joues rougies par l'émotion, Jonathan fixe d'un air incrédule ses parents qui lui sourient.

— Tout à fait vrai. Et ils sont très impatients de nous accueillir.

— Hourra! crie Jonathan en trépignant de joie.

Ludvina, sa mère, les yeux brillants de joie, regarde son fils aîné avec une grande fierté.

— Tu verras, l'Irlande est magnifique en ce temps de l'année.

— L'Angleterre aussi, réplique son père.

— Nous ferons une visite là-bas,?

— Près de cent soixante-dix salutistes se rendent à la grande convention de l'Armée du salut qui se tient au Albert Hall de Londres. De plus, trente-neuf musiciens doivent jouer à l'Embarkment Garden en juin.

— En tant que premier trombone de la fanfare, ton père ne veut surtout pas manquer ça! ajoute Ludvina en lançant un clin d'œil complice à son mari.

John Hannagan lui sourit en retour avant de faire craquer une allumette de bois sur le mur. Avec lenteur, il approche la flamme dansante du fourreau de sa pipe. Dans un mouvement sec et saccadé, il pince les lèvres, emprisonnant le bout de la pipe, pour en faire surgir des volutes de fumée blanche.

— Crois-moi, mon garçon, dit-il enfin, ce sera un voyage mémorable.

— Est-ce que tante Loreena et oncle Peter viennent avec nous?

— Non. Ta tante est souffrante.

— Logerons-nous tous ensemble, dans une grande cabine?

— Hélas, non, car des cabines aussi grandes sont hors de prix. Ta sœur et toi partagerez une cabine plus modeste. Ton père et moi serons logés dans une semblable, de l'autre côté du pont du navire.

— Je n'ai pas besoin de te rappeler que tu es l'aîné, enchaîne son père sur un ton très sérieux. Tu es donc responsable de Gracie.

Il se tourne vers une jolie fillette aux cheveux blonds et bouclés et à l'air renfrogné.

— Et toi, ajoute-t-il en pointant un index vers elle, tu devras écouter ton frère Jonathan.

— Ce ne sera pas un voyage de tout repos! réplique aussitôt le garçon.

— Tu vois, maman, s'insurge Gracie, il me provoque constamment !

Jonathan rit sous cape en lançant un regard complice à son père.

— Il te taquine seulement, réplique ce dernier en souriant.

— Ce n'est pas toujours drôle...

D'un air courroucé, la fillette redresse le menton, affrontant ainsi les regards moqueurs de son père et de son frère aîné.

Elle vient tout juste d'avoir neuf ans. Jonathan, lui, en a quatorze. Presque quinze. Depuis qu'elle est toute petite, elle vit dans l'ombre de ce grand frère qui lui dicte tout ce qu'elle doit faire ou ne pas faire, dire ou ne pas dire. Souvent, sous le couvert de la taquinerie, il lui arrive de la blesser.

Gracie baisse la tête, refoulant les larmes qui lui montent aux yeux. Ce n'est pas le moment de pleurer. Pas maintenant. Ses parents sont tellement contents de faire ce voyage. Elle sait trop bien qu'ils se sont privés

12

de bien des choses pour amasser les économies nécessaires.

Elle observe sa mère qui sourit et se souvient de leur dernière visite au magasin général. Du regard d'envie qu'elle a posé sur un morceau de soie violet. Du soupir qu'elle a poussé en reposant la soierie sur le comptoir avant de quitter la boutique.

— Hourra ! s'écrie encore son frère. Nous allons voir l'Irlande !

Le pays de ses ancêtres...

Il en a tellement entendu parler ! Par son père d'abord. Puis par sa mère, et aussi par tous ses voisins irlandais qui ont émigré pour venir s'installer ici, au Canada, espérant y trouver un avenir meilleur. Là-bas, ils avaient tout laissé : famille, amis et misère. Leur quête avait un but commun : vivre dans l'abondance d'abord, être libre ensuite.

— Nous voyagerons en deuxième classe, dit sa mère.

— J'aime mieux ça ! s'exclame Jonathan. Le père de David a raconté qu'en troisième classe, il y a beaucoup d'étrangers des pays de l'Est. Enfin, des gens peu recommandables, à son avis.

Il se tourne vers sa cadette et pointe un index vindicatif vers elle.

— Surtout ne t'approche pas des étrangers!

— Pourquoi?

— Parce que tu ne sais pas encore reconnaître les bonnes des mauvaises gens.

— Tu sais les reconnaître, toi?

Jonathan pouffe de rire et porte une main à son front.

— Grand Dieu que tu peux être jeune et naïve! s'exclame-t-il. Tu connais bien Peter McGraw?

— Oui.

— Eh bien, tu vois, il est pauvre et mal vêtu. De plus, son père a volé un...

— Jonathan! coupe le père sur un ton sévère. Pas de jugements semblables dans ma maison! Les pires malfaiteurs peuvent être riches et bien vêtus. L'habit ne fait pas le

14

moine. Prends garde à des jugements aussi superficiels !

Ludvina s'approche de Gracie et s'accroupit à ses côtés.

— On sait reconnaître les bonnes personnes quand notre cœur nous le dit. La bonté ou la méchanceté, ça n'a rien à voir avec la famille, les vêtements, la beauté, la richesse ou la pauvreté. C'est, d'abord et avant tout, un élan du cœur.

Elle se relève et fixe sur Jonathan un regard désapprobateur.

Celui-ci baisse la tête, honteux.

— Est-ce que le bateau qui nous amène en Irlande a un joli nom ? interroge la fillette.

— Un très joli nom, en effet, répond Ludvina en souriant. Il s'appelle l'*Empress of Ireland*.

2

Michael

En cette fin d'après-midi du 28 mai 1914, les gens se massent sur les quais du port de Québec. Quelques caisses attendent encore d'être chargées dans les cales d'un immense paquebot qui dresse sa structure d'acier luisante près des badauds rassemblés.

Dans cette foule effervescente et colorée, un jeune garçon, baluchon sur l'épaule, lève la tête vers le flanc du navire sur lequel un nom est peint en lettres blanches sur fond noir :

EMPRESS OF IRELAND.

C'est un magnifique transatlantique à vapeur, muni de deux hélices.

« Comment une masse aussi énorme peut-elle flotter ? » s'interroge Michael à voix basse.

Il jette un regard sur le pont et y aperçoit des officiers en uniforme, des stewards en livrée bleu et or et des femmes de chambre qui accueillent les premiers passagers.

Sur la passerelle, il aperçoit aussi un jeune steward qui court après un chat. Le jeune homme réussit enfin à attraper l'animal et le tient bien serré entre ses bras. Après mille contorsions, morsures et griffades, le chat réussit à se libérer de l'emprise du garçon et saute sur le quai avant de disparaître vers les hangars.

« On dirait bien que ce chat n'aime pas les voyages ! » murmure Michael en souriant.

Il replace la casquette de serge grise sur ses cheveux roux. Du revers de la main, il essuie la morve qui pend à ses narines. Il tourne la tête vers la droite, puis vers la gauche, quand, dans un bruit infernal, une calèche tirée par un cheval stoppe à quelques mètres de lui. Michael fait un bond de côté avant d'apercevoir un jeune dandy, canne à la main, qui descend de la voiture.

C'est un jeune homme de bonne condition, à en juger par ses vêtements. Le satin noir qui garnit son chapeau haut-de-forme ainsi que le faux col glacé qui recouvre sa nuque lui donnent un air hautain. Il a fière allure dans sa redingote cintrée à la taille ; ses souliers vernis, revêtus de guêtres d'un blanc immaculé, tranchent sur le noir de son pantalon étroit.

« Tout pour les mêmes... », dit Michael, dégoûté, avant de cracher par terre.

À quinze ans, il ne peut s'empêcher de comparer sa situation à celle d'autres garçons de son âge qui attendent, eux aussi, de monter à bord.

« Première ou deuxième classe ? siffle-t-il entre ses dents en lorgnant vers le jeune dandy qui s'engage sur la passerelle du navire. Sûrement pas la troisième ! Celle-là, c'est pour les orphelins comme moi ! »

Michael baisse les yeux sur ses chaussures déformées et maculées de boue. Son regard s'accroche à son pantalon trop court, à sa veste à l'étoffe délavée et aux bords élimés. La seule qu'il ait jamais eue...

Le gamin revit en pensée les circonstances qui l'ont amené jusqu'ici. La mort. La première. Celle de son père qui l'avait surpris en pleine nuit. Crise cardiaque.

Puis la deuxième...

Il entend encore les hurlements de sa mère, qui, deux mois plus tard, se débattait dans les douleurs de l'enfantement. Les vagissements d'un nouveau-né, rapidement emmailloté et emporté hors de la maison par une sage-femme. La voix du prêtre qui recouvrait d'un drap blanc le corps de celle qui était morte en donnant la vie.

Michael écrase les larmes qui perlent au coin de ses yeux et renifle bruyamment. Il ne doit pas s'apitoyer sur son sort. Il a décidé d'en finir avec ce pays et avec le malheur qu'il a apporté à sa famille. Il retourne en Irlande retrouver une tante éloignée. Et peut-être un semblant de bonheur...

Une prière franchit ses lèvres que le chagrin fait trembler :

« Maman, papa, donnez-moi la force de vivre sans vous. Donnez à mon cœur d'orphelin la joie d'aimer encore. De revoir, un jour, ma petite sœur qu'on a placée à l'orphelinat. De pouvoir vivre heureux dans la chaleur d'un foyer. »

Un flot de larmes se presse alors à ses paupières. Dans sa poitrine, un vide énorme le terrasse. En proie à une peine indicible, Michael se penche vers l'avant. Comme s'il allait tomber.

— ATTENTION! crie soudain une voix derrière lui.

Michael n'a pas le temps de se retourner. Pareille à une bombe humaine, Gracie tombe sur lui, le faisant chuter sur le pavé humide.

— Tu ne pourrais pas faire attention, espèce de..., s'exclame-t-il en se relevant vivement.

— Pardon! Pardon... Je... je ne...

Les yeux de Michael se perdent alors dans deux prunelles couleur de ciel. Il recule d'un pas et aperçoit le minois rougi d'une fillette, auréolé de boucles blondes qui s'échappent d'un bonnet de laine bourgogne.

— Je... je ne l'ai pas fait... exprès, bafouille la gamine, apeurée. J'ai couru, mon pied a heurté quelque chose et je...

— Gracie, tu n'as rien? s'enquiert Jonathan, qui arrive près d'elle et l'aide aussitôt à se relever. Peux-tu marcher?

— Oui, le rassure la fillette.

Jonathan observe un long moment Michael qui replace une nouvelle fois sa casquette.

— Excuse ma sœur, elle ne l'a pas fait exprès, déclare-t-il enfin sur un ton neutre.

— Ça va! Ça va! répond Michael qui n'a rien manqué de l'examen silencieux.

— Ma poupée! s'écrie soudain la fillette. Ma poupée est tombée!

D'un bond, elle court chercher la poupée de porcelaine qu'elle a reçue au dernier Noël et la lève à la hauteur de ses yeux.

— Oh non! pleurniche-t-elle. Son visage est brisé en mille morceaux!

À ce moment, Ludvina et John s'arrêtent près des enfants.

— Qu'est-ce qui se passe ici? demande John.

— Ma... poupée..., dit en hoquetant Gracie, qui brandit devant sa mère l'objet de son chagrin.

— Chut, chuuut..., murmure Ludvina en la serrant sur sa poitrine. Ce n'est rien. Calme-toi.

— Est-ce qu'on peut la réparer?

— C'est dommage, mais je ne peux rien faire, répond John. Le bateau part dans moins d'une heure et je n'ai sûrement pas le temps de t'en trouver une autre. Nous en chercherons une semblable quand nous serons à Liverpool.

Témoin silencieux de la scène, Michael se penche et ramasse, un à un, les morceaux de porcelaine qui jonchent le sol. Avec soin, il les place dans la poche de son manteau avant de se relever. Son regard croise alors celui de Jonathan. Les deux garçons se toisent un moment. Puis, sans un salut, sans un sourire, Michael fait volte-face et se dirige vers l'avant du bateau où une joyeuse file de passagers gravit déjà la passerelle d'embarcation.

3

La cabine

— **T**u as vu ? Il y a des couchettes superposées ! dit Jonathan en entrant dans la petite cabine. Tu dormiras sur celle du bas.

— Je préfère celle du haut.

— Tu es trop petite. Tu pourrais tomber et te faire mal.

— Il n'y a pas de danger. De toute façon, la couchette du bas est beaucoup plus grande que celle du haut. Tu y seras plus à ton aise.

Jonathan pousse un profond soupir et laisse tomber sa valise sur le sol.

— Tu ne vas pas recommencer à t'obstiner pour un oui ou pour un non? Tu sais bien que je suis responsable de toi! C'est donc moi qui décide ce qui est bon ou non pour toi.

Gracie se laisse choir sur la couchette du bas, croise les bras sur sa poitrine et fait la moue.

Faisant fi du regard fâché posé sur lui, Jonathan détaille la cabine. C'est une minuscule pièce de trois mètres carrés à peine. Elle est située à l'arrière gauche du bateau. Les couchettes superposées, solidement fixées au mur du fond, remplissent presque toute la pièce. En face, sur une petite commode à deux tiroirs, un lave-mains à la céramique brillante et ornée d'un joli motif floral ainsi qu'une cruche remplie d'eau douce complètent l'ameublement. Sous le lit, Jonathan aperçoit un pot de chambre en granit blanc et bleu.

— Si tu en as besoin, indique-t-il à Gracie, le pot est ici.

Jonathan tourne la tête vers un hublot de petites dimensions.

— On ne voit rien là-dedans ! soupire-t-il, déçu.

— Il fait chaud, déclare soudain Gracie, sortant enfin de son mutisme boudeur.

Elle enlève son bonnet et déboutonne son manteau.

— Tu ne m'accompagnes pas sur le pont ? demande Jonathan.

— Si, bien sûr !

— Alors, garde ton bonnet et reboutonne ton manteau, ordonne-t-il.

— Mais il fait si chaud !

— Ne discute pas et fais ce que je te dis ! Il vente fort sur le pont d'un navire.

Gracie obéit sans plus discuter. Jonathan pose la main sur le loquet quand un coup frappé contre la cloison de la porte le fait sursauter. Il ouvre. C'est un steward.

— Les passagers sont demandés sur le pont. La dernière amarre tombera dans cinq minutes, à seize heures vingt-sept.

— Merci. Nous arrivons.

Jonathan se tourne vers sa sœurette et part d'un rire fort et franc.

— Qu'est-ce que j'ai de si drôle ?

— Tu as mis ton bonnet tout de travers !

Gracie replace vivement son couvre-chef, non sans avoir, auparavant, tiré la langue à son frère qui rit toujours.

— Allons, Gracie ! On ne va pas commencer le voyage en se disputant ? Nous avons six jours à passer ensemble sur ce bateau. Autant s'y faire tout de suite et prendre de bonnes résolutions. D'abord, pas de grimaces. D'accord ?

Gracie baisse les yeux et réfléchit.

Son frère a raison. Ce n'est pas le moment de se disputer ni de bouder. Le bateau va quitter le port de Québec. Elle espère bien être parmi la foule afin de dire un dernier au revoir aux gens qui se massent sur les quais.

— D'accord, répond-elle enfin. Mais promets-moi de ne pas te moquer de moi.

— C'est promis !

Le frère et la sœur se sourient, scellant un pacte qui, ils le savent, ne saurait durer plus de six jours.

— Allons-y, vite ! la presse Jonathan en ouvrant la porte.

Gracie emboîte le pas à son frère aîné quand, tout à coup, elle fait demi-tour et va chercher la poupée qu'elle avait oubliée sur le lit.

— Laisse donc ta poupée. Elle n'est guère jolie maintenant. Elle n'a même plus de visage.

Gracie retient à grand peine sa langue. Elle serre sa poupée dans ses bras et sort de la cabine, la tête haute. Jonathan la suit en poussant un soupir d'exaspération.

4

Le départ

—**I**ls sont là-bas! s'écrie Jonathan en tendant le bras à tribord.

Il agite le bras en l'air.

— PAPA! MAMAN! crie-t-il.

Gracie se hisse sur la pointe des pieds, mais les gens autour d'elle lui cachent la vue.

— Je ne vois rien! Je ne vois rien du tout! s'exaspère-t-elle.

Jonathan lui empoigne la bras et, sans ménagement, l'entraîne à sa suite entre les rangs serrés des passagers.

— Aïe! Tu me fais mal!

— Viens! Et surtout, ne discute pas! Ce n'est pas le moment de se perdre de vue!

— Lâche-moi! MAIS LÂCHE-MOI DONC!

Les cris de Gracie se perdent dans le sifflement de la sirène qui annonce le départ. La petite cherche à se dégager de la poigne de son frère, qui ne lâche pas prise. À bout de ressources, elle lui envoie un coup de pied dans les mollets.

Sous la douleur, Jonathan laisse échapper un cri et relâche son étreinte.

— TU ES DEVENUE FOLLE, OU QUOI? hurle-t-il, rouge de colère.

Il se penche et masse sa jambe douloureuse.

— Y a-t-il un problème, ici? demande quelqu'un derrière lui.

Jonathan se relève brusquement. Devant lui, un officier, cintré dans son bel uniforme, mains dans le dos, le toise d'un air sévère. Gracie en profite pour se faufiler entre les passagers, espérant ainsi se soustraire au courroux de son frère.

— Non, monsieur, répond Jonathan en se redressant. C'est ma petite sœur qui fait des siennes. Elle ne voulait pas me suivre et...

— Et où est donc cette vilaine petite fille ?

Jonathan se retourne vivement. À ses côtés, plus de Gracie. Il pivote plusieurs fois sur lui-même, jetant à la ronde des regards à la fois furieux et inquiets.

— Elle était ici ! Avec moi ! Oh, ELLE ! Elle ne perd rien pour attendre ! finit-il par dire en serrant les poings.

— Alors...? demande toujours l'officier.

Le bateau se détache lentement du quai. Jonathan cherche des yeux les silhouettes de ses parents. Il ne les voit pas non plus.

«Tu es responsable de ta petite sœur…», lui a dit son père.

Le garçon baisse la tête. Un sentiment de culpabilité l'envahit. Il se croit incapable de tenir la promesse qu'il a faite à ses parents.

Près de lui, la voix de l'officier se fait plus pressante :

— Tu es sûr que tout va bien ? Regarde-moi.

Jonathan lève vers son interlocuteur un visage fermé.

— Je suis l'officier Alan Newton. Tu peux me faire confiance. Je sais que certains enfants voyagent seuls sur ce bateau. Es-tu de ceux-là ?

— Non, réussit enfin à articuler Jonathan. Mon père est John Hannagan. Il fait partie de la fanfare de l'Armée du salut.

— Jonathan ! Regarde qui est là ! crie une petite voix derrière lui.

Les joues roses d'émotion, Gracie arrive en courant en tenant Michael par la main.

— Il m'a donné ceci, ajoute-t-elle en brandissant un petit sac de toile devant le nez de son frère. Michael a ramassé tous les morceaux du visage de ma poupée. Il dit qu'il peut la réparer. C'est merveilleux, n'est-ce pas?

Jonathan dévisage ouvertement Michael qui, cette fois, soutient son regard rageur. Les deux garçons se toisent en silence comme deux coqs aux aguets. L'animosité qui les habite n'échappe pas à l'œil averti de l'officier Newton.

Jonathan détourne les yeux le premier.

— Où étais-tu donc passée? dit-il enfin à Gracie en emprisonnant de nouveau son poignet.

— Tu me fais mal, Jonathan! Tu serres trop fort!

— Elle se tenait près de l'embarcadère, répond soudain Michael, prenant ainsi la défense de la cadette. Elle se penchait beaucoup trop vers l'avant. Alors, je me suis approché d'elle pour lui dire de faire attention, car elle pouvait tomber.

— Je cherchais papa et maman, continue Gracie en se dégageant de la poigne de Jonathan.

— Vous vous connaissez déjà ? s'informe l'officier Newton.

Il jette un coup d'œil vers Jonathan qui n'a pas desserré les mâchoires.

— Il s'appelle Michael McIntyre. C'est mon nouvel ami, déclare Gracie avec une admiration non retenue.

— Comment peux-tu dire cela ? s'insurge Jonathan. Tu l'as vu seulement quelques minutes sur le quai, tout à l'heure.

Gracie brave le regard courroucé de son frère.

— Tu ne te souviens donc pas de ce que maman a dit ? C'est un élan du cœur ! laisse-t-elle tomber, laconique.

Michael, qui n'a rien manqué de l'altercation entre le frère et la sœur, recule de quelques pas et s'apprête à quitter les lieux quand l'officier l'interpelle :

— Que dirais-tu d'une visite du bateau ?

— Moi!?! répond-il en fixant l'officier d'un air incrédule.

— Toi et tes «nouveaux amis».

— Oh oui! Une visite! Chouette! s'exclame Gracie en sautillant sur place.

— Courez avertir vos parents que je vais vous faire visiter la perle des paquebots transatlantiques.

— Vous voilà enfin, vous deux! dit John Hannagan en arrivant à leurs côtés. Votre mère et moi, nous vous avons cherchés partout!

— Papa! Monsieur nous emmène visiter le bateau! claironne Gracie en frappant des mains.

— Je vous les enlève une petite demi-heure, ajoute l'officier. Si vous m'en donnez la permission, bien entendu.

— Faites donc! Ma femme et moi allons en profiter pour nous reposer un peu.

Il fait un clin d'œil complice avant d'ajouter:

— J'irai même jusqu'à aller prendre un bon verre de scotch avec mes amis salutistes.

— Prenez-le à ma santé, monsieur...

— Hannagan. John Hannagan.

— Monsieur Hannagan, je suis Alan Newton, premier officier et aide du commandant Kendall. Je vous souhaite un très bon voyage.

— Merci, monsieur Newton.

John lorgne vers Jonathan qui garde toujours son air renfrogné.

— Tu y vas aussi ?

— ...

— Allons, Jonathan..., le supplie Gracie.

Refoulant sa mauvaise humeur, Jonathan soupire bruyamment.

— D'accord..., dit-il enfin.

— À la bonne heure ! s'exclame Alan Newton.

Celui-ci tourne les talons et, suivi des trois jeunes, il se dirige vers le centre du navire. Il s'arrête devant une petite porte percée d'un hublot au diamètre comparable à celui d'une petite citrouille et se tourne vers le trio, une lueur malicieuse éclairant ses prunelles claires.

— Que diriez-vous de commencer par les cuisines ?

5

La visite

Les cuisines regorgent de fourneaux, de vaisselle et de nourriture. Après s'être rassasiés d'une collation composée de pommes, de délicieux petits-fours et d'une boisson aux prunes, les enfants sont fébriles à la seule pensée de visiter l'immense navire.

— Maintenant, annonce Alan Newton, je vous emmène au paradis.

— Au paradis? répète Gracie en roulant des yeux ronds.

Du bout de la langue, elle essuie le coin de ses lèvres où s'accroche encore des miettes de gâteau.

— C'est la partie supérieure du bateau où logent les gens riches. On y trouve des appartements très luxueux. Mais rien de comparable à ceux du *Titanic*!

À l'évocation de la plus grosse tragédie maritime, survenue en 1912, deux ans plus tôt, Michael se raidit.

— Il n'y a pas de danger sur l'*Empress*, n'est-ce pas? demande-t-il avec un trémolo dans la voix.

— Non, bien sûr! Nous ne naviguons pas entre les glaciers et les icebergs, et, de plus, l'*Empress* possède beaucoup plus de chaloupes de sauvetage que le *Titanic*. Il y en a tellement qu'il a fallu les empiler sur le pont. Il y en a trente-six en tout : seize en acier et vingt repliables, sans compter les deux mille deux cents gilets de sauvetage, dont cent cinquante pour les enfants, et les vingt-quatre bouées. Il n'y a vraiment pas de danger. Je te l'assure.

Michael soupire, quelque peu rassuré.

— Suivez-moi, maintenant, ajoute-t-il en les précédant vers un petit escalier.

Les quatre compagnons gravissent les échelons et se retrouvent sur une coursive.

— Qu'y a-t-il derrière ? lance Jonathan en pointant du doigt une large porte en chêne foncé.

— C'est le fumoir : une pièce réservée exclusivement aux messieurs qui viennent y fumer un cigare et se reposer après avoir dîné à la salle à manger.

— Et les dames, elles, où vont-elles ? demande Michael à son tour.

— À la bibliothèque ou à la salle d'écriture.

— Et les enfants ? s'enquiert alors Gracie.

— Il y a une seconde salle à manger pour les enfants et leurs gouvernantes. C'est aussi une salle de jeux.

On y a installé un carré de sable et autres passe-temps.

— Vrai de vrai! s'exclame Gracie, ravie d'apprendre cette nouvelle.

— Attention à la marche! ajoute Alan.

Les enfants le talonnent à travers un dédale de corridors et d'escaliers, tous plus étroits et abrupts les uns que les autres.

— Ici, nous nous trouvons à l'avant du bateau. C'est sur la passerelle de commandement, juste derrière ces vitres que vous voyez là, que le capitaine Henry George Kendall a ses appartements.

— C'est lui qui commande le bateau? se renseigne Jonathan.

— Le commandant est le seul maître à bord. Les autres sont sous ses ordres et le secondent. Me croiriez-vous si je vous disais qu'il y a plus de cent trente marins qui travaillent dans les salles des machines, sans compter les chauffeurs et les soutiers, les télégraphistes, les femmes de chambre et, bien sûr, les six officiers?

Ils doivent tous obéir aux ordres du capitaine Kendall.

— Tu vois, dit Jonathan en se tournant vers sa cadette, quand on est le responsable, on donne les ordres.

Gracie, à qui l'allusion n'échappe pas, fait la moue et détourne les yeux du regard triomphant de son frère.

— Maintenant que vous avez visité le paradis, je vous emmène tout au fond. En enfer...

Jonathan et Gracie s'empressent de descendre le petit escalier tandis que Michael reste en haut du palier et baisse la tête.

Alan Newton se retourne et l'interpelle :

— Tu ne viens pas avec nous ?

Troublé, Michael ne répond pas. Il a peur d'aller dans la cale, cette partie du bateau dont son père lui a raconté les pires horreurs ; sa mémoire d'enfant imaginant encore des cargaisons de cadavres et de loques humaines, victimes des épidémies de typhus, de peste ou de choléra.

— Allons, mon garçon ! ajoute celui-ci. Tu as peur ?

— Non, déclare Michael en mentant effrontément.

— Eh bien, alors ? Viens ! J'aimerais vous montrer les chaufferies ainsi que les soutes à charbon. À moins que...

Alan jette un rapide coup d'œil sur les vêtements des enfants Hannagan et pince les lèvres.

— Hummm... Il serait peut-être mieux d'oublier les soutes à charbon. Et peut-être même les chaufferies. Votre maman n'aimerait sûrement pas vous retrouver avec des vêtements noircis de suie.

Gracie et Jonathan approuvent de la tête.

— Dépêche-toi, Michael ! dit soudain Gracie en revenant sur ses pas et en prenant la main de son nouvel ami.

Le garçon jette un regard en coin à Jonathan qui ne dit rien.

— Et toi ? hasarde-t-il. Désires-tu que j'y aille ?

Jonathan ne répond pas tout de suite. Il cherche dans le regard de l'orphelin une réponse à ses propres hésitations. Pourquoi cette répulsion à la vue des vêtements, vieillis et souillés? Pourquoi cette réticence à accepter la différence? Qu'y a-t-il dans le regard de ce garçon qui le trouble à ce point?

— Le chat t'a-t-il mangé la langue? s'impatiente Gracie sur un ton impatient.

— Tu peux venir, si tu veux, laisse enfin tomber Jonathan.

— Dépêchons! ordonne aussitôt Alan Newton. Le bateau a commencé à prendre le large et les chaudières vont bientôt ronfler à pleine capacité. Ça va faire un tintamarre infernal!

Jonathan, Gracie et Michael suivent leur guide et descendent dans le ventre du paquebot, qui glisse lentement sur les eaux du fleuve Saint-Laurent.

6

L'enfer

Alan referme derrière lui une large porte d'acier. Le bruit assourdissant des machines se répercute sur les énormes tuyaux de cuivre. Apeurée, Gracie pousse un cri et plaque ses deux mains sur ses oreilles. Jonathan fait de même, imité par Michael.

— Ici, c'est la salle des machines, hurle l'officier. Nous allons devoir marcher sur des passerelles. Faites bien attention !

Il tend la main à Gracie, qui s'en empare aussitôt.

— Tenez-vous bien, crie toujours Alan.

Les trois compagnons s'exécutent et suivent un labyrinthe de corridors et d'escaliers étroits qui descendent toujours plus bas.

Le cœur du paquebot bat au son des machines, tandis que le feu rugit dans les chaufferies. Jonathan aperçoit les soutiers et les chauffeurs qui travaillent en cadence, piquant leurs pelles dans les monticules de charbon qui alimente les bouches énormes et rougeoyantes des fours. Le souffle chaud les enveloppe, faisant tournoyer autour d'eux une fine poussière noire qui colle à la peau de leur torse nu ainsi qu'à la toile encrassée de leurs pantalons.

Alan désigne du doigt de longs tuyaux de cuivre dont la base est agitée par des sortes de moulinets. Il leur montre ensuite le sommet des tubes d'où s'échappe une vapeur blanche qui s'engouffre dans une cheminée en forme d'entonnoir renversée. Il entraîne ensuite les trois visiteurs vers un petit escalier, qui monte en colimaçon jusqu'au pont inférieur, avant de s'arrêter devant une porte dont le cadre d'acier est plus large que les autres. Sans un mot, il glisse un doigt dans un anneau de fer, fixé à mi-hauteur dans l'embrasure, et le tire doucement vers lui. Sortant de sa cachette, une porte coulisse et ferme hermétiquement le passage.

— C'est la porte d'étanchéité numéro trois, explique l'officier. Il y a plusieurs portes comme celle-ci sur le bateau. Des membres d'équipage ont la responsabilité de les fermer s'il y a une entrée d'eau importante. Il faut protéger les chaufferies, mais surtout éviter que l'eau ne se propage rapidement dans les autres parties du navire.

Jonathan fixe un long moment la porte qu'Alan caresse de la main, comme il l'aurait fait à un animal fidèle.

— Elles sont bien situées, faciles à actionner, mais surtout indispensables, presque vitales, sur un paquebot comme l'*Empress*.

Une inquiétude voile un moment le regard d'Alan Newton, créant un malaise indéfinissable au sein du groupe.

Soudain, l'officier fait volte-face et marche vers un petit corridor sur le plancher duquel se reflète la lumière dansante d'une veilleuse. Les enfants lui emboîtent le pas. Gracie serre sa poupée contre elle et sa main trouve refuge dans celle de son frère. Derrière eux, Michael avance, tête basse, les poings bien enfouis au fond de ses poches.

— Tu viens avec nous sur le pont? lui demande Gracie en se tournant à demi.

— Non. Je vais aller trouver ma couchette avant qu'il ne fasse trop noir, répond-il en gardant la tête baissée.

— Comme tu voudras!

À un carrefour, Alan Newton interpelle un steward qui passait par là:

— Pourrais-tu indiquer le chemin de leur cabine à mes jeunes amis?

— Oui, monsieur!

— Voilà! Je vous souhaite une bonne soirée et, surtout, une très belle première nuit à bord de l'*Empress of Ireland*, ajoute l'officier avant de prendre congé des trois jeunes passagers.

À la suite du steward, Jonathan et Gracie bifurquent sur la gauche.

— Bonne nuit, Michael, lance Gracie en réprimant avec peine un bâillement.

— Bonne nuit, Gracie.

Sans un salut pour Jonathan qui lui tourne déjà le dos, Michael dévale l'escalier qui mène au dortoir où s'entassent les voyageurs de troisième classe.

7

L'étranger

— **F**ais attention, petit ! s'exclame un homme au teint rougeaud et aux moustaches proéminentes. Tu as failli me marcher sur les pieds !

— Je… je m'excuse, monsieur, bafouille Michael.

Tant bien que mal, le garçon tente de se frayer un chemin entre les valises et les sacs de toile qui jonchent le sol de cet immense dortoir dont les murs sont tapissés de simples couchettes repliables. Il scrute les alentours et découvre, tout au fond, une couchette vacante. Il s'y rend en toute hâte, dépose son sac par terre et se laisse choir sur le lit.

Le bois de la couchette craque sous son poids. Michael croise les mains derrière sa nuque et soupire bruyamment. Il est fatigué. Fatigué et soucieux. Il fixe le plafond bas et lambrissé. Un très fort sentiment d'étouffement le prend soudain à la gorge. Derrière lui, un bruit furtif, semblable au grattement d'une plume sur le papier, lui fait tourner la tête. Dans la couchette voisine, un gaillard d'au moins deux fois son âge rase la barbe qui lui noircit le menton.

— Bonjourr, fait celui-ci avec un accent slave très prononcé.

— Bonsoir, répond Michael.

Le gaillard rit de toutes ses dents.

— Oui, oui! Bonsoirr, plutôt!

Michael veut se tourner sur le côté, mais son voisin l'interpelle de nouveau:

— Je m'appelle Igorr. Igorr Pousnikhov. Et toi?

Michael hésite un peu. Il n'a pas envie de faire la conversation avec cet inconnu. Il préfère être seul et tranquille. Sans parler.

— Et toi? répète Igor. Tu t'appelles comment?

— Michael McIntyre.

— Content de te connaîtrre, Michael. Nous allons êtrre compagnons pendant au moins six jours. C'est bien de savoirr notre nom.

Michael hoche la tête en signe d'assentiment. Igor lui sourit de plus belle, tout en agitant son rasoir dans l'eau d'une écuelle qui gît à ses pieds. Puis le garçon se relève sur un coude et balaie du regard la salle déjà surchauffée où s'entassent près de cent personnes de tous âges.

Il y voit des femmes, des enfants, des hommes et aussi des vieillards. Son regard s'attarde un moment dans un coin de la pièce où une famille, père, mère et deux gamins, se presse

les uns contre les autres sur deux couchettes beaucoup trop étroites pour loger quatre personnes. Non loin d'eux, Michael reconnaît le visage de la misère sur les traits épuisés d'une jeune femme tenant entre ses bras un poupon endormi.

— Il ne faut pas t'en fairre pourr eux, lui conseille Igor en suivant le regard de Michael. Tous les gens qui sont ici ont choisi de retourrner dans leurr pays. Comme moi! Je retourrne en Hongrie. Je vais revoirr enfin ma famille. Ma mèrre, mes frèrres et mes sœurrs. Ça fait déjà cinq ans que je ne les ai pas revus.

Il fait une pause avant de continuer:

— J'ai gagné de l'arrgent pour eux. Toute la famille va pouvoirr mieux manger, mieux se chauffer et surrtout acheter une vache et des poules.

Il porte la main à une amulette retenue à son cou par un cordonnet de cuir.

— J'ai rreçu ce talisman d'un ami indien que j'ai rrencontrré sur les chantiers du chemin de ferr. Il m'a jurré qu'il me porrterait bonheurr.

Michael jette un regard sceptique sur la petite pierre polie, qui n'est guère plus grosse qu'une bille de marbre vert.

— As-tu, toi aussi, un porrte-bonheurr? demande Igor en apercevant une chaînette dorée au cou de Michael.

À cette simple question, le courage de Michael s'évanouit. Il serre bien fort les mâchoires afin de ne pas fondre en larmes devant cet inconnu qui a, sans le vouloir, tourné le fer dans la plaie. Il porte la main à la petite breloque, seul souvenir qui lui reste de sa mère, et tente, tant bien que mal, de refouler les larmes qui mouillent déjà ses yeux.

— Oui, répond-il sèchement.

Étouffé par l'émotion, d'un bond il se lève et quitte la chaleur de sa couchette pour courir vers l'escalier. Il gravit les marches deux à deux.

— Le souper était à dix-sept heurres trrente, mais il rreste encorre du harreng fumé, des viandes frroides et aussi du pain et de la confiturre, lui lance Igor.

— Je n'ai pas faim, merci, laisse tomber Michael avant de prendre congé de son compagnon de voyage.

Le jeune homme débouche enfin sous la passerelle de commandement. Il ferme les yeux et inspire profondément l'air du fleuve. Une musique entraînante parvient à ses oreilles. Il reconnaît le timbre clair des trompettes et aussi celui, plus grave, des tubas. Le son d'une grosse caisse rythme la mélodie qui emplit la nuit. Curieux, Michael se dirige vers l'arrière du navire. Dans sa hâte, il heurte l'épaule de quelqu'un qui marchait lentement devant lui.

— Pardon !

— Encore toi ! s'exclame nul autre que Jonathan. Tu le fais exprès ou quoi ?

— Je me suis excusé !

— Ouais...

Jonathan se retourne quand Michael lui demande :

— Gracie n'est pas avec toi ?

— Elle est avec ma mère. Pourquoi ?

— Pour rien. Je demandais ça, simplement.

— Je croyais que tu allais te coucher.

Michael baisse la tête, se soustrayant pour un moment au regard inquisiteur posé sur lui. Il imagine Jonathan détaillant pour la énième fois ses vêtements défraîchis et sales, ses cheveux mal coiffés et ses souliers aux semelles trouées.

— Il fait trop chaud, en bas, répond Michael en relevant brusquement le menton en signe de défi. J'avais besoin de prendre l'air.

Il lève la tête vers le firmament constellé d'étoiles avant d'ajouter :

— C'est si beau. J'aimerais pouvoir dormir sur le pont. Toute la nuit...

Jonathan suit le regard de Michael.

Devant l'immensité du ciel, un élan de compassion envahit le cœur du jeune Hannagan. Il se surprend à comparer leurs deux destins, sachant très bien que les rôles pourraient être inversés. Que ce n'est qu'un caprice de la chance, du destin, ou de quoi d'autre encore...

— Viens, dit-il à Michael qui a toujours le nez levé vers les étoiles, allons nous joindre à la foule, là-bas.

— Mais... je..., bredouille Michael, éberlué.

Il jette des regards inquiets vers l'attroupement de danseurs qui s'est formé autour des musiciens.

— Je ne sais pas danser !

— Qui te parle de danser ? rétorque Jonathan, amusé.

Il tend le bras et désigne un homme assis au premier rang.

— Je vais te présenter mon père.

Les deux garçons se dirigent vers le centre du pont où la fanfare entame un quadrille endiablé, à la grande joie des danseurs qui s'exécutent en riant.

8

Le cadeau d'Édouard

Il est vingt heures. Édouard marche sur la coursive bâbord du paquebot. Il vient de commencer sa ronde.

D'un geste mille fois répété, il ferme un hublot et introduit dans la serrure de ce dernier la clé de cuivre qu'il garde toujours accrochée à sa ceinture par une longue chaînette. Il vérifie l'état d'une veilleuse et attrape une paire de chaussures à cirer qu'il flanque machinalement sous son aisselle. Ensuite, il se dirige vers le corridor de deuxième classe où l'attend James, son ami et compagnon de travail.

Édouard et James sont des apprentis. À dix-neuf ans, ils ont été engagés dans l'équipage comme stewards. C'est leur premier voyage sur un paquebot transatlantique.

Le jeune homme croise Augustus Gaade, le steward en chef.

— Les passagers sont-ils tous dans leurs cabines ? demande ce dernier.

— Oui, monsieur.

— Pas de mal de tête en vue ni de mal de mer ?

— Non, monsieur.

— Alors, le voyage s'annonce bien, dit le supérieur en souriant. On pourrait même dire que ça s'annonce comme une traversée sans incidents majeurs.

— Ça nous donnera le temps de terminer les tâches avant six heures. Peut-être pourrons-nous même prendre un peu de repos supplémentaire, ajoute Édouard en haussant les sourcils.

— Bien dit! affirme Augustus. Je vais moi-même en profiter pour faire un petit somme.

Après un bref salut à son subalterne, le steward en chef se dirige vers l'escalier qui mène au pont supérieur.

— Au moindre pépin, ajoute-t-il en se retournant à demi, venez me prévenir. Je suis dans la cabine numéro 4.

— Vous aimez bien dormir en première classe, n'est-ce pas monsieur Gaade? le nargue gentiment Édouard.

— Hi, hi! ricane Augustus, une lueur brillante au fond de ses prunelles claires. Plus de la moitié des cabines de luxe sont vides. Il faut savoir en profiter!

Après un clin d'œil complice, il tourne le dos et disparaît derrière une porte.

Au même moment, James rejoint Édouard.

— Tu as terminé ta ronde ? lui demande-t-il.

— Il me reste la salle à manger et les cuisines.

— Je t'accompagne.

Les deux amis se dirigent vers la salle à manger que les convives ont désertée depuis belle lurette. Les tables sont dressées pour le déjeuner du lendemain : la vaisselle de porcelaine, d'argent et de cristal brille sous la réverbération de quelques veilleuses. Édouard se rend dans les cuisines adjacentes à la salle à manger des adultes tandis que James se dirige vers celle des enfants.

— On se rejoint sur le pont supérieur ? demande James.

— C'est ça ! lui lance Édouard en disparaissant derrière deux énormes portes battantes.

Dans la cuisine endormie règne un ordre parfait. Après une inspection rapide, Édouard éteint les lumières et s'apprête à quitter les lieux quand un bruit furtif le met sur un pied d'alerte.

— Il y a quelqu'un ? demande-t-il, fébrile.

Il tend l'oreille, écarquille les yeux, scrutant chaque coin de la pièce sombre. Il tend la main et cherche à tâtons le commutateur. Le contact du mur froid contre sa main moite lui fait du bien. Il trouve enfin le bouton et l'enfonce avec force.

La lumière crue des néons au gaz éclabousse la pièce, rebondissant sur les cuivres des casseroles et sur les chaudrons suspendus au-dessus des fours, aveuglant Édouard qui, dans un réflexe, se protège les yeux de son avant-bras levé.

— S'il y a quelqu'un, sortez immédiatement ! Sinon, j'appelle un officier ! ordonne-t-il.

Rien ne bouge.

Édouard hésite un moment. Ne devrait-il pas quitter cette cuisine et aller avertir monsieur Gaade ? Mais qu'adviendra-t-il de sa réputation s'il déguerpit au moindre bruit ? Ne le traitera-t-on pas de poltron ? Le jeune homme sait très bien qu'il sera la risée de ses confrères s'ils viennent à apprendre qu'il a dérangé le steward en chef pour un simple bruit.

L'apprenti steward se gratte la tête, perplexe. Il ne veut pas perdre cet emploi, qui est un des plus enviés.

Lorsqu'il a été engagé, sa fierté était grande. Celle de ses parents aussi, d'ailleurs. Sa mère l'a serré sur son cœur tandis que son père l'a longuement regardé. Une émotion sans égale a fait briller son regard quand il lui a dit :

— Tu es le premier Hudson à travailler pour la Canadian Pacific Railway. Ton nom passera à l'histoire de notre famille ! J'en suis sûr !

Édouard inspire profondément pour se redonner courage. Il fait quelques pas en jetant des regards inquiets par-dessus son épaule, afin de s'assurer que personne ne puisse le surprendre par derrière.

Un nouveau bruit, plus proche cette fois, comme un léger froissement d'étoffe, le fait se raidir. Soudain, il aperçoit le bout d'une chaussure, à moitié cachée, derrière une armoire.

— Sortez de là ! dit-il sur le ton le plus autoritaire qu'il peut.

Surgissant de sa cachette, Michael se dresse devant Édouard.

— Que fais-tu ici ? s'informe le jeune steward.

— ...

— Es-tu un passager clandestin ?

— ...

Les deux garçons s'examinent un long moment en silence.

Michael se décide enfin à répondre :

— Je suis en troisième classe.

— Pourquoi te caches-tu ici ? Tu devrais être en bas, avec les autres, en train de dormir !

— Je ne suis pas capable de dormir en bas, explique Michael. Il y fait trop chaud. J'aurais bien voulu demeurer sur le pont, mais j'avais froid. Il n'y a qu'ici qu'on est bien. Et puis, ça sent tellement bon le pain et les brioches.

Il lorgne vers le comptoir où sont posés des plats de pâtisseries aux parfums de cannelle et de muscade.

— Tu as faim ? lance Édouard qui s'est approché du comptoir.

Michael sourit tristement.

Mal à l'aise, Édouard détourne les yeux de ce garçon qui a presque le même âge que lui. Il ne peut s'empêcher de comparer son sort au sien. La vie ne semble pas lui avoir fait de cadeau, alors que lui, il vit heureux, chéri par des parents aimants, et il a un bon travail.

Le jeune steward prend deux brioches sur le plateau et les tend aussitôt à Michael.

— Si quelqu'un te surprend à manger ceci, tu lui diras que c'est un cadeau d'Édouard Hudson.

Il se dirige ensuite vers la porte qui donne sur la salle à manger et éteint la lumière.

— Il est temps de déguerpir d'ici avant que James ne rapplique, annonce-t-il. Viens, je vais t'indiquer

un endroit où tu pourras dormir tranquille.

Michael obtempère aussitôt.

— Tu trouveras des couvertures dans les coffres, près des chaises longues, sur le pont supérieur, l'informe-t-il tout bas. Tu peux en utiliser autant que tu veux.

Les deux garçons grimpent un escalier et débouchent sur le pont.

— Viens me voir demain, dans la matinée, ajoute Édouard. J'ai une petite heure de repos. On pourrait bavarder, si tu veux.

— J'aimerais bien…, murmure Michael, reconnaissant.

— Alors, bonne nuit! dit Édouard en tendant la main à l'orphelin.

Ce dernier s'empare de cette main secourable comme un naufragé s'accroche à une épave. Dans le regard franc d'Édouard, Michael ne reconnaît pas la pitié, mais plutôt une compassion et un respect qui lui vont droit au cœur.

— Merci, articule-t-il faiblement.

— Ce n'est rien, répond Édouard avant de prendre congé de Michael.

Les deux jeunes gens marchent à l'opposé l'un de l'autre. Michael s'arrête ensuite sur le pont, à l'endroit indiqué par son nouvel ami, et lève les yeux sur la nuit qui l'entoure.

Le navire glisse mollement entre les rives du Saint-Laurent. En aval, Michael aperçoit alors un immense paquebot remontant le golfe en direction de Québec. Sur sa coque, en lettres luisantes, un nom : l'*Alsatian*.

Les lumières de ses ponts et de ses promenades resplendissent dans la nuit, créant un spectacle irréel, féerique.

« Que c'est beau ! » souffle le jeune orphelin.

De sa bouche, une volute de vapeur blanche s'échappe dans l'air frais de cette soirée de mai.

Autour de lui, quelques passagers qui avaient, eux aussi, bravé la fraîcheur du temps, se dirigent vers leurs cabines respectives afin d'y terminer la nuit bien au chaud.

Michael marche vers un des coffres qu'Edward lui a désignés. Il en soulève le couvercle, prend deux couvertures avant de se diriger vers une chaise longue sur laquelle il prend place aussitôt. Il s'emmitoufle dans les couvertures de laine, ferme les yeux et s'endort presque aussitôt.

9

L'ombre blanche

— **D**iminuez la vapeur ! ordonne le capitaine Kendall à l'officier de la chambre des machines.

Sous ses pieds, le plancher vrombit, donnant ainsi la preuve que la manœuvre est exécutée. La vitesse du navire diminue lentement. Kendall sort de sa poche une montre à gousset prisonnière d'une chaînette dorée et y jette un coup d'œil rapide avant de la remettre à sa place.

— Une heure cinquante minutes ! dit-il de sa voix forte. Mon cher Bernier, vous avez fait du bon travail. Comme d'habitude.

Embarqué au port de Québec, le pilote Bernier, responsable de conduire le paquebot jusqu'à Pointe-au-Père, relève la tête et sourit.

— Je vais enfin pouvoir aller dormir, réplique celui-ci en faisant craquer ses jointures.

— L'*Eureka* sera bientôt là, lui confirme Kendall.

En signe de salut, le capitaine effleure du doigt le rebord de sa casquette bleue, galonnée d'or.

— À bientôt, Bernier. Et surtout, saluez bien votre dame de ma part.

— Je n'y manquerai pas, capitaine, de répliquer le pilote avant de sortir de la cabine. J'espère que la traversée sera bonne.

— Je l'espère aussi.

Les moteurs de l'*Empress* se taisent au moment où le petit vapeur d'État *Eureka*, qui doit ramener le pilote au quai de Pointe-au-Père, longe le flanc du navire.

Le pilote Bernier descend l'échelle de Jacob qui oscille jusqu'au pont du petit bateau, où des membres d'équipage empilent les derniers sacs postaux remplis de lettres et de cartes postales écrites par les passagers de l'*Empress*. Quelque treize minutes plus tard, l'*Eureka* repart dans l'obscurité, en direction de Pointe-au-Père.

— Machines en avant, toutes ! ordonne Kendall.

Le lourd navire reprend aussitôt sa course au rythme de soixante-douze révolutions à la minute, tandis que, sur la passerelle de commande, cinq officiers et un mousse se remettent à la tâche.

— Belle nuit ! lance Edward Jones, le premier officier.

— Une très belle nuit, en effet ! réplique Alwyn Moore, le troisième officier.

Non loin d'eux, George Kendall soulève sa casquette et réprime un bâillement.

— Fatigué, mon capitaine? lance Murphy, un des quartiers-maîtres.

— Non, non, répond Kendall en replaçant son couvre-chef. Juste un peu endormi. La journée a été longue...

Le capitaine pousse un profond soupir. Depuis déjà quatre semaines, il a pris les commandes de l'*Empress* qui, lui, en est à sa première croisière d'été.

— Deux jours dans l'estuaire de ce fleuve et quatre jours en pleine mer..., souffle-t-il en se massant la nuque d'un geste las.

Il aimerait tant pouvoir se faire remplacer par Steede, l'officier en chef irlandais, qui, lui, dort encore! Mais son devoir l'oblige à demeurer sur la passerelle jusqu'à ce que le navire ait, au moins, dépassé les côtes de l'île de Terre-Neuve.

Il lève les yeux vers le plafond, imaginant John Caroll, la vigie, épiant avec attention les ombres de la nuit.

Soudain, une cloche brise le silence ouaté de la timonerie.

— Objet sur la droite, leur signale la vigie.

— Un bateau navigue en sens contraire, mon capitaine, remarque un des officiers.

Kendall distingue alors deux feux de tête. Le navire inconnu est presque à la même hauteur, à environ quarante-cinq degrés à la droite de l'*Empress*. Le capitaine aperçoit aussi, à tribord, une autre lumière qui clignote : celle de la bouée au gaz de Pointe-aux-Coques, point de départ pour les navires qui descendent le fleuve.

— Tournez à droite, ordonne Kendall au quartier-maître Sharples.

Ce dernier obéit aussitôt. La proue de l'*Empress* s'engage à soixante-treize degrés nord-est ; le paquebot devra conserver cette direction tout le reste du voyage sur le Saint-Laurent.

— Le navire s'approche, mon capitaine, ajoute l'officier Alwyn Moore.

— Je sais, répond calmement Kendall. Ses feux de tête de mât indiquent vert-vert. S'il garde cette position, nous pourrons le dépasser au nord avec amplement de champ.

Kendall détourne son attention des feux. Son regard s'accroche alors à quelque chose qui, venant du rivage, s'étend comme un fantôme blanc au-dessus de l'eau.

« Le brouillard... », murmure-t-il pour lui-même.

Un frisson malsain lui parcourt l'échine.

Pareil à un linceul tendu entre les deux navires, la longue traînée laiteuse s'allonge au-dessus de l'eau, cachant aux officiers inquiets les feux du bateau inconnu.

— Machines arrière, toutes! tonne soudain Kendall.

La chambre des machines obéit aussitôt. L'eau tournoie et bouillonne sous la coque. Le capitaine agrippe la corde du sifflet et envoie trois coups brefs.

Le cri strident perce le silence de la nuit, envoyant un message clair au navire étranger :

« Nous faisons marche arrière. »

Après quelques secondes d'attente, le cri plaintif de l'autre bateau perce le brouillard, qui colle maintenant aux fenêtres de la passerelle, voilant les repères.

— Il faut que je sache si nous gardons la bonne position, dit Kendall en se dirigeant à pas pressés vers l'aile de la passerelle.

Le capitaine se souvient trop bien des récits de commandants d'autres navires qui, à cause du brouillard, ont évité de justesse de s'échouer sur les bancs de sable qui longent les berges.

Alwyn Moore sur ses talons, il se penche au-dessus du bastingage, cherchant à percer le nuage blanchâtre qui masque l'eau sombre du fleuve. Un malaise indéfinissable l'accable.

— Stoppez complètement les machines ! ordonne-t-il.

Il retourne agripper la corde du sifflet et actionne ce dernier. Deux coups prolongés signifient que l'*Empress* est désormais immobile.

— Nous allons attendre qu'ils nous indiquent leur position, dit-il à voix haute. Ensuite, nous aviserons.

Toujours endormi sur le pont du navire, Michael se réveille en sursaut. Les coups de sifflets provenant du navire le font se redresser brusquement. L'immobilité inhabituelle de l'*Empress* l'inquiète. Il se lève en toute hâte, s'approche de la rambarde, s'y appuie et scrute tant bien que mal les profondeurs de la nuit froide.

Soudain, juste devant lui, une lumière rouge miroite. Puis une autre. Verte, cette fois. Comme les yeux d'une créature sortie tout droit des profondeurs de l'abîme. Les lumières se rapprochent, deviennent de plus en plus grosses, de plus en plus brillantes jusqu'à l'aveugler. Deux lumières blanches auréolent le front de la bête.

«Dieu du ciel…», souffle Michael, épouvanté.

Le garçon ferme les paupières, se soustrayant pour une seconde à son hallucination. Quand il les rouvre, c'est pour mieux apercevoir, à moins de cent pieds devant lui, l'étrave d'un bateau fonçant sur le côté droit de l'*Empress,* à la hauteur de la passerelle.

10

L'accident

— **M**ARCHE ARRIÈRE, TOUTES !

Le cri du capitaine Kendall résonne comme un cauchemar aux oreilles de Michael.

— FAITES MACHINES ARRIÈRE, TOUTES ! FAITES MARCHE ARRIÈRE ! hurle la voix de Georges Kendall dans le mégaphone.

Le navire inconnu est maintenant tellement près de l'*Empress* que

Michael peut discerner le va-et-vient étrange qui en agite le pont. Des gens affolés lèvent les bras au ciel et courent dans tous les sens.

Le garçon retire ses mains glacées de la rambarde et recule lentement. Dans sa poitrine, son cœur bat à une vitesse folle. Une sueur glacée baigne ses tempes et sa nuque. Dans sa gorge, un cri prend toute la place :

«ATTENTION !!!»

Michael retraite en courant vers les canots de sauvetage. Dans sa hâte, il perd l'équilibre et s'affale de tout son long sur le pont.

— Ça va, mon gars ? demande un officier qui l'aide à se relever.

— Oui...

— Rends-toi vite aux embarcations de sauvetage ! Il n'y a pas une seconde à perdre !

Sortant de sa léthargie, l'*Empress* se transforme en véritable fourmilière. De partout, les officiers, les stewards, les quartiers-maîtres et les passagers accourent, dégringolant les escaliers, courant sur les coursives et dans les corridors, alertant les autres passagers et leur ordonnant de revêtir leurs gilets de sauvetage.

Dans la mêlée générale, Michael songe à Gracie qui dort probablement dans sa cabine. Quelqu'un l'interpelle :

— Tu es là ! dit Édouard.

— Qu'est-ce qui se passe ? lui demande l'orphelin.

— On va se faire éperonner par un navire !

Il ouvre un coffre, tout près d'eux, et en retire deux gilets de sauvetage.

— Tiens, mets ça, ordonne-t-il. Vite !

Michael s'exécute. Le regard d'azur de Gracie s'impose encore à son esprit.

— Je dois avertir mes amis, dit-il à Édouard.

— Où logent-ils ?

— En deuxième classe.

— Suis-moi !

Les deux garçons dévalent aussi vite qu'ils le peuvent les escaliers qui mènent vers le pont inférieur. Plusieurs femmes de chambre et stewards s'empressent déjà de réveiller les passagers, frappant à chacune des portes, attendant une réponse, évitant de montrer une panique pourtant bien présente. Un exercice maintes fois répété avant le départ.

— Monsieur, madame, dit Édouard en ouvrant une porte, veuillez revêtir vos gilets de sauvetage et vous rendre immédiatement sur le pont. Merci.

Michael le talonne, cherchant parmi les visages endormis qui se présentent dans les portes entrebâillées, la figure de Jonathan ou celle de Gracie.

Soudain, comme s'il venait d'accoster ou de toucher les docks d'un quai, l'*Empress* tressaille légèrement. Une légère ondulation fait vibrer les murs de la coursive. Pourtant, aucun craquement, aucun son fracassant. Rien d'autre qu'un silence feutré.

— Qu'est-ce qui se passe? s'informe-t-il, inquiet.

Au même moment, la porte d'une cabine toute proche s'ouvre et Jonathan Hannagan s'encadre sur le seuil.

— Qu'est-ce que c'est que tout ce branle-bas ?

— Il faut sortir ! Vite ! répond Michael. Où est ta sœur ?

Sans attendre la réponse, Michael pousse Jonathan et pénètre dans la cabine.

— Mais qu'est-ce qui te prend ? s'insurge Jonathan.

Michael ne répond pas, tout occupé qu'il est à essayer de réveiller Gracie.

— Mmmm..., pleurniche la gamine. J'ai froid...

— Viens, lui dit doucement Michael en la prenant dans ses bras et en la soulevant de sa couchette. Tu dois venir avec moi.

— Remets ma sœur dans son lit ! ordonne Jonathan en colère.

— Prends les gilets de sauvetage dans l'armoire qui est là, lui lance Michael sans sourciller. Fais vite ! Le bateau va couler !

Muet de stupeur, Jonathan ne réagit pas.

— VITE ! VITE ! lui crie Michael en enjambant le seuil de la cabine.

Une seconde secousse, plus forte cette fois, ébranle le navire.

« Sssssssch. »

Un bruit bizarre, comme celui d'un gaz qui s'échappe d'une bouteille, suivi d'un bouillonnement indistinct, rompt le silence. Presque aussitôt, sous leurs pieds, le plancher s'incline légèrement.

— Doux Jésus ! souffle Jonathan en sortant de sa stupeur.

Il s'empare des gilets de sauvetage et déguerpit à son tour vers le pont supérieur.

— Ma poupée..., dit en pleurnichant Gracie que Michael a reposée sur ses pieds. Je veux ma poupée !

— Laisse ta poupée ! s'exclame Jonathan en emprisonnant le poignet de sa sœur.

Les trois compagnons s'élancent vers le petit escalier qui les mène tout droit vers le pont et les canots de sauvetage.

11

L'horreur

Quelques minutes à peine se sont écoulées. Les enfants débouchent sur le pont.

— Accroche-toi! crie Michael à Gracie qui perd l'équilibre.

Le bateau gîte déjà à près de vingt-cinq degrés sur le côté droit. Des chaises, des tables et des coffres valsent sur le sol. Le ciel semble chavirer. Plusieurs passagers, à moitié vêtus, essaient tant bien que mal de se cramponner à quelque chose.

— PAPA! MAMAN!

Jonathan s'élance vers tribord quand Alan Newton l'arrête net.

— Vite, aux chaloupes!

— Mais... mes parents sont là-bas! s'écrie Jonathan au bord des larmes.

— Ils ont probablement déjà trouvé refuge dans un canot de sauvetage.

Jonathan se retourne. Il cherche parmi les passagers qui courent sur le pont les silhouettes de Michael et de Gracie. Il ne les voit pas.

— Gracie? GRACIE? crie-t-il, paniqué.

Alan Newton attrape le garçon par le bras. Il emprisonne son poignet entre ses doigts crispés.

— Tu dois d'abord te sauver!

— Je dois veiller sur ma sœur! J'en ai la responsabilité et...

— Michael est avec elle?

Jonathan fait un signe affirmatif.

— Tu n'as donc rien à craindre. Il saura prendre soin d'elle.

D'un geste autoritaire, il entraîne le garçon vers une embarcation de sauvetage que des hommes d'équipage tentent de faire sortir de ses bossoirs.

Soudain, le navire bascule sur le côté. Comme un cochon qui se roule dans la fange.

— ATTENTION ! crie Alan.

La cheminée du navire s'effondre dans un bruit épouvantable, écrasant de tout son poids un canot rempli de rescapés. Des cris et des hurlements déchirent la nuit

Épouvanté, Jonathan écarquille les yeux. Une énorme boule se forme au creux de sa gorge, l'empêchant de crier, de respirer. Ses poumons lui font mal. Il tremble de tous ses membres.

— Vite, mon gars ! le presse Alan Newton, toujours à ses côtés.

Une embarcation sort soudain de ses bossoirs et c'est avec peine que les hommes tentent de la retenir.

L'*Empress* fait alors une violente embardée et roule encore un peu plus sur le côté. Le pont est maintenant perpendiculaire à la surface de l'eau. Les chaloupes d'acier se dressent à la verticale avant de se dégager d'elles-mêmes de leurs amarres. Les lourdes embarcations de métal glissent follement sur le pont. Dans un fracas épouvantable, elles happent tout ce qui se trouve sur leur passage avant de plonger à leur tour dans les eaux sombres.

Debout, à bâbord, Jonathan se cramponne comme il le peut au bastingage. Alan Newton lui pousse dans le dos.

— MONTE PAR-DESSUS ET CRAMPONNE-TOI ! lui crie-t-il à tue-tête.

Jonathan s'exécute aussi vite qu'il le peut. La peur qui le paralysait quelques secondes auparavant lui donne maintenant des ailes. Il n'a plus froid. Il ne tremble plus. La volonté de survivre prend toute la place.

Pendant quelques instants, le navire demeure immobile sur ses bouts de barrots, son flanc gauche presque au niveau de l'onde. Durant cette accalmie, Jonathan jette un regard incrédule autour de lui.

Pareils à des fourmis géantes, des gens se tiennent accroupis sur le flanc gauche du navire qui semble s'être échoué sur un banc de sable. Un murmure brise la torpeur silencieuse, grandit puis s'élève jusqu'à devenir une clameur :

— Le bateau est échoué... Le bateau est échoué ! IL EST ÉCHOUÉ !

Les cris résonnent en écho dans la nuit. L'eau du fleuve caresse doucement la superstructure immobile, comme une vague sur une plage tranquille.

Jonathan balaie du regard le pont dévasté. Soudain, une chevelure blonde attire son attention.

— Gra... Gracie... GRACIE !?!

Elle est là, petite chose immobile, agrippée comme une sangsue à un câble noir de suie. Derrière elle, Michael s'y accroche aussi.

— GRACIE ! JE SUIS LÀ !

— JONATHAN ! VIENS ME CHERCH…

Un craquement sinistre se fait entendre. Puis un second. Le navire tremble de nouveau.

Le cri de la fillette se perd dans les hurlements de frayeur de ses compagnons d'infortune. La voûte arrière du navire se soulève brusquement. Jonathan a juste le temps de voir Gracie s'enfoncer dans l'eau.

— GRACIE ! crie-t-il encore. GRACIE !

Un coup de poing s'abat sur son avant-bras et lui fait lâcher prise.

— SAUTE ! ordonne Alan Newton en poussant le garçon dans le dos.

Le navire s'enfonce rapidement. Les hommes et les femmes qui s'y agrippaient depuis dix minutes se précipitent à l'eau en poussant des cris d'agonie. Dans les bras l'un de l'autre, un couple se laisse submerger. D'autres passagers, seuls ou en

groupes, tombent, glissent ou plongent dans l'abîme.

Jonathan est un des premiers à toucher l'eau. Le froid le surprend. Un fort tourbillon, provoqué par la masse du bateau qui s'enfonce, l'entraîne sous la surface. Ballotté comme un pantin, il retient son souffle. Sous ses vêtements de nuit, il sent la morsure du froid comme autant d'aiguillons brûlants. Ses poumons privés d'air le torturent. Mal ajusté à sa taille, le gilet de sauvetage lui remonte sous le menton et le blesse.

Le garçon bat des pieds et des mains afin de combattre l'engourdissement qui cherche à le terrasser. Il refait surface et aspire à grandes goulées l'air humide et tourne la tête vers l'endroit où le navire disparaît lentement.

Pareil à un essaim d'insectes pris au piège, les naufragés se débattent avec l'énergie du désespoir.

— Aide-moi, articule faiblement une femme qui s'accroche soudain à lui. Je n'ai pas de gilet...

Sous le poids de l'étrangère, le pauvre garçon s'enfonce de nouveau dans l'eau noircie par la poussière de charbon. Il la repousse. D'un coup de pied, il écarte l'assaut d'une autre femme qui s'agrippe à ses hanches. Après s'être dégagé des deux pauvresses, Jonathan nage à l'aveuglette vers ce qu'il croit être une chaloupe de sauvetage.

Tant bien que mal, il se fraye un chemin à travers les centaines de débris flottant à la dérive. Derrière lui, les bouées de l'*Empress*, pourvues de flammes chimiques, frappent l'eau. En éclatant, elles émettent une faible lueur bleu-vert qui éclaire un instant la surface, comme si des lucioles y dansaient une dernière valse.

Jonathan est maintenant à la hauteur d'une barque. On lui tend un aviron.

— ATTRAPE-LE, MON GARÇON! l'encourage-t-on.

Exténué, Jonathan tente de lever le bras, mais les forces lui manquent.

Surgissant soudain de nulle part, un homme saisit la rame à sa place. Il s'y accroche avec une telle énergie que son pied frappe involontairement le front de Jonathan.

Sous le choc, la tête du garçon bascule vers l'arrière. Une multitude de feux de Bengale éclate devant ses yeux grands ouverts. Une chaude langueur le terrasse, remplaçant le froid qui l'engourdissait quelques secondes auparavant. Il entend vaguement des cris au-dessus de lui, mais ne voit rien. Il ne ressent plus ni le froid ni la peur. Un grand vide prend possession de son esprit. Sa bouche ouverte laisse entrer l'eau glacée, étouffant le cri qu'il ne poussera jamais. Il perd conscience de tout ce qui l'entoure.

— REMUE-TOI, PETIT! ALLEZ! UN EFFORT! lui crie encore un matelot.

La tête de Jonathan tombe lourdement vers l'avant. Les sauveteurs impuissants ne verront jamais ses lèvres bleuies et ses paupières désormais closes.

12

Le sauvetage

— **E**ncore un peu ! Tu vas y arriver ! Du courage !

Claquant des dents, Michael pousse un coffre de bois auquel Gracie s'accroche aussi.

— Bats des jambes !

— J'ai si fr... froid ! articule Gracie en pleurant. Je veux voir... ma... man...

— Ce n'est pas le moment de pleur-
nicher! la gronde Michael. Fais ce
que je te dis!

La fillette obéit.

Les deux jeunes sont à quelques
mètres d'un canot de sauvetage.

— OHÉ! crie Michael en agitant
un bras.

Dans l'embarcation, des silhouettes
se penchent au-dessus de l'onde.

— PAR ICI! VITE! crie encore
Michael.

Il y a à peine cinq minutes, il était
encore sur le pont avec Gracie. Lors-
que le navire a basculé sur le côté, il
n'a eu que le temps de se cramponner
à un câble couvert de suie. Gracie a
fait comme lui. La fillette y était agrippée au moment où le bateau a été
submergé par une vague créée par le
remous de l'eau. Un morceau de métal a frappé le dos du garçon, le bles-
sant entre les deux omoplates. Après
quelques secondes aussi longues
qu'une éternité, ils ont émergé. Avi-
sant un coffre qui flottait non loin,
Michael a ordonné à Gracie:

— Lâche ce câble et viens avec moi. Tu sais nager?

— Un peu.

— Dépêche-toi!

S'éloignant au plus vite du navire, les deux amis se sont accrochés au coffre tant convoité.

— J'ai f... froid, dit Gracie en fermant les yeux.

Michael lui assène des claques retentissantes sur les épaules.

— Il ne faut pas que tu t'endormes! lui crie-t-il. Regarde-moi!

La fillette rouvre les yeux et pose sur Michael un regard suppliant.

— Où est J... Jo... Jonathan?

Michael ne sait que répondre. Il tourne la tête dans tous les sens, quêtant un secours. Il n'en peut plus. Ses jambes s'engourdissent. Le froid de l'eau lui brûle la peau. Le canot de sauvetage n'est plus qu'à quelques brasses, mais le garçon n'a plus la force d'avancer.

— Michael? demande Gracie en sanglotant. Tu vas rester avec moi?

Michael tente de calmer l'angoisse qui monte en lui, diminuant sa vaillance, étouffant son courage. Il lève les yeux vers la voûte céleste où les étoiles brillent avec plus d'intensité. Comme si elles étaient plus proches. Plus accessibles...

Une prière franchit alors ses lèvres que le froid et la peur font trembler :

« Maman, papa, aidez-moi... Je vous en supplie... »

— CRAMPONNEZ-VOUS, LES ENFANTS !

À l'avant d'un canot, qui se fraie un passage entre les corps et les débris, un homme les encourage.

Michael s'accroche à la rame tendue. Il pousse Gracie contre le flanc de l'embarcation. Des mains s'emparent du petit corps alourdi et le hissent aussitôt à bord. Michael est repêché à son tour. Un matelot s'empresse de poser sur ses épaules une vieille chemise couverte de suie de charbon.

— Ça va, mon gars !

Michael hoche la tête et ferme les yeux. Des larmes roulent sur ses joues. L'énorme poids de chagrin qu'il traînait depuis le début de la traversée s'allège un peu.

— Tiens, bois ça, dit encore le matelot en lui tendant une petite gourde d'eau-de-vie. Ça te réchauffera le dedans.

Michael rouvre les yeux. Il essuie les larmes qui marbrent ses joues et obéit. L'alcool lui brûle la gorge mais lui fait du bien.

— C'est ta petite sœur? lui demande le matelot en désignant Gracie, recroquevillée au fond de la barque.

Michael lève la tête vers l'endroit où le bateau a disparu, avant de répondre dans un souffle:

— Oui.

13

À bord du *Storstad*

Rempli à pleine capacité, le canot de sauvetage longe un moment le flanc d'un navire dont la ligne de flottaison disparaît presque sous la surface de l'eau. Sur le pont règne une efferves-cence inhabituelle.

— Amenez-les dans ma cabine, dit une grosse femme en précédant un groupe de rescapés, dont Gracie et

Michael font partie. Des enfants! Si c'est pas malheureux!

Précédé de madame Andersen, la femme du capitaine du *Storstad*, le petit cortège se dirige vers la cabine principale du charbonnier norvégien. C'est ce même bateau qui a enfoncé sa proue dans le flanc de l'*Empress of Ireland*, provoquant son naufrage. Sur le pont, il croise le capitaine Kendall qui invective le capitaine Andersen:

— VOUS AVEZ COULÉ MON BATEAU! tonne Kendall en dressant un index accusateur. JE VAIS VOUS TRAÎNER DEVANT LA JUSTICE DE CE PAYS!

— Calmez-vous! C'est un accident! Vous le savez aussi bien que moi! réplique Andersen qui voit bien que Kendall est aussi épuisé qu'en colère.

Le capitaine du *Storstad* revoit en un éclair la terrible tragédie. Le brouillard d'abord. Puis les feux de mâts du navire inconnu. Il se souvient de l'ordre qu'il a hurlé à la chambre des machines. Hélas, malgré l'arrêt des moteurs, le poids de la cargaison de charbon, a fait glisser le *Storstad* sur les eaux du fleuve comme une lourde limace.

Le choc avait été léger pourtant...

Il aurait tant voulu que les machines se remettent en marche immédiatement. L'orifice de l'*Empress* aurait été colmatée par son propre navire.

Le capitaine baisse la tête, réprimant avec peine un chagrin immense.

— Le navire a fait marche arrière de lui-même, explique-t-il. Je n'ai rien pu faire...

Le capitaine Kendall cache son visage dans ses mains et éclate en sanglots.

— Vous devez vous reposer..., ajoute Andersen. Nous parlerons de tout cela plus tard.

— Pourquoi ne m'avez-vous pas laissé mourir? sanglote Kendall. Ma conscience ne me laissera plus jamais en paix...

Anéanti, le capitaine Kendall se laisse entraîner vers la salle des cartes, tandis que sur le pont arrive un nouveau contingent de rescapés.

Dans la cabine située à l'arrière du bateau, madame Andersen arrache les rideaux qui servent à masquer le hublot.

— Je n'ai plus que ceci pour vous réchauffer, dit-elle à Michael avec regret. Enveloppez-vous dedans.

Madame Andersen contemple les petites frimousses dégoulinantes d'eau et son cœur se serre de chagrin.

Depuis que ses enfants ont déserté la demeure familiale, elle a choisi de quitter la Norvège pour suivre son mari, capitaine au long cours.

C'est chose rare qu'une femme voyage sur un charbonnier, en compagnie de son mari, mais madame Andersen ne pouvait plus demeurer seule à s'ennuyer dans sa grande maison, alors que son mari voguait à longueur d'année sur les mers. Elle a donc troqué sa jolie cuisine ensoleillée, qui sentait bon les confitures et le pain de ménage, pour la cabine exiguë et sombre d'un navire crasseux.

Ses journées s'écoulent au rythme des heures, scandées par le ronronnement des machines et par les levers et les couchers de soleil sur la mer immense. Malgré quelques petits inconvénients, elle a su recréer ici un environnement viable et accueillant. Elle a posé un centre de dentelle sur l'unique commode, une courtepointe aux motifs colorés sur le lit et des rideaux orangés sur les murs de bois foncé.

— Je vais vous chercher une boisson chaude, dit-elle en se dirigeant vers la porte basse.

Elle s'arrête à mi-chemin et se tourne vers Michael.

— Nous serons bientôt arrivés au port, le rassure-t-elle avant de quitter les lieux.

Michael et Gracie se regardent longuement.

C'est la fillette qui parle la première :

— Tu crois que papa et maman sont sur ce bateau?

— Peut-être...

— Et Jonathan?

— Je ne sais pas.

Gracie se cache les yeux et pleure en silence. Ému, Michael se rapproche d'elle et, d'un geste fraternel, pose un bras sur ses épaules.

— Aie confiance, murmure-t-il à l'oreille de la fillette. Peut-être qu'ils nous attendent déjà sur le rivage.

Gracie se blottit contre l'épaule de ce garçon rencontré au hasard d'une chute. Michael l'entoure de ses deux bras, cherchant dans la chaleur de cette présence son propre réconfort.

— Je suis sûr que nous les retrouverons, murmure-t-il encore avant de déposer un baiser sur la chevelure blonde. Ne t'en fais pas, petite Gracie...

14

Sur le *Lady Evelyn*

— **C**'est tout? demande le capitaine du *Lady Evelyn*.

— Oui, répond sèchement le capitaine Andersen.

— Vous continuez votre route vers Montréal?

— Oui, répond-il au capitaine du bateau, sur lequel viennent d'être embarqués les derniers rescapés.

— Alors, bonne route! ajoute simplement le capitaine du steamer en portant un doigt à la visière de sa casquette.

Entassés sur le pont du petit navire, les survivants, grelottant de froid et de fatigue, refont en sens inverse le parcours qui les amène au port de Rimouski.

Assis sur le sol, le dos appuyé contre une rambarde, Michael serre entre ses bras la petite Gracie qui se pelotonne sous la couverture.

— Tu crois que papa et maman sont sur un autre bateau? demande-t-elle.

— S'il y a un autre bateau, assurément.

— Et Jonathan?

— Lui aussi, probablement…

Honteux de dire de pareils mensonges, Michael détourne la tête vers la proue du bateau. Il ne veut surtout pas que Gracie voit l'embarras dans lequel toutes ses questions le mettent. Il ne sait pas mentir. Ne l'a jamais su. Même lorsqu'il savait qu'il serait durement réprimandé par son père.

Ce matin, cependant, la vérité est plus dure, plus percutante, plus difficile à taire et à accepter. Il se doit de mentir pour protéger l'espoir qui s'essouffle.

Son regard s'arrête sur la rangée de corps sans vie, alignés sous les canots de sauvetage du steamer. Sur chacun d'eux, une couverture blanche a été jetée. Il se surprend à penser qu'il aurait sûrement été de ceux-là s'il n'avait eu Gracie à sauver. Grâce à elle, il a trouvé la force de dépasser ses limites. De vaincre la peur, le désespoir et la mort...

Il reporte son attention vers la petite qui grelotte à ses côtés.

«Pour elle, je me serais débattu toute la nuit...», songe-t-il.

D'un geste tendre, il replace une boucle blonde qui tombe sur le nez de la fillette. Elle plante ses prunelles claires dans celles du garçon.

— Je suis contente que tu sois avec moi.

— Moi aussi !

— Tu es un peu comme mon grand frère.

— Ne dis pas ça, réplique Michael, à qui cette révélation laisse entrevoir un bonheur impossible. Tu as Jonathan. Moi, je ne suis qu'un simple étranger. Nous ne sommes pas du même monde. Tu as une famille. Moi, je n'ai plus rien…

Il se tait, conscient d'en avoir trop dit.

— Tu n'as ni frère ni sœur ?

— Oui… une petite sœur. Mais elle est à l'orphelinat.

Il fait une pause avant de continuer :

— Peut-être qu'elle a déjà été adoptée et qu'elle vit loin d'ici ?

Il pince les lèvres. Il ne veut pas pleurer. Ce n'est ni le moment ni l'endroit. Il doit rester fort afin de ne pas alarmer la benjamine à ses côtés.

Gracie pose sa tête sur l'épaule de son compagnon.

— Ne t'en fais pas, dit-elle doucement. Je suis certaine que tu la retrouveras un jour.

Michael relève la tête et grimace un sourire.

— Je n'ai plus beaucoup d'espoir de la retrouver.

— Maman m'a toujours dit que, quand on veut, on peut.

— Mais saurais-je la reconnaître ? Je l'ai seulement vue à sa naissance. D'ici à ce que je la retrouve, elle aura sûrement beaucoup grandi et…

Gracie pose un index sur les lèvres de Michael, arrêtant le flot de paroles.

— Tu la reconnaîtras tout de suite. Tu verras ! C'est un élan du cœur.

Les deux enfants se sourient, scellant ainsi leur amitié, avant de se blottir de nouveau l'un contre l'autre.

— Merci d'être vivante, murmure Michael.

15

Les survivants

Au matin du 29 mai, le port de Rimouski fourmille de journalistes et de curieux venus voir débarquer les rescapés du terrible naufrage. Descendant du *Lady Evelyn* et de l'*Eureka*, les survivants, la plupart vêtus de simples chemises de nuit, marchent sur la passerelle de bois en direction des quais.

— Des enfants ! s'exclame une femme en apercevant Gracie et Michael. Les pauvres petits !

Un officier s'approche d'eux.

— Vous êtes seuls ?

— Oui, répond Michael, visiblement exténué.

— Quel est ton nom ? demande l'officier.

— Michael McIntyre.

— Et toi ? demande-t-il à Gracie.

— Gracie Hannagan.

— Vos parents sont avec vous ?

— Non...

— Ils sont sûrement sur l'autre bateau, avec mon frère Jonathan, s'empresse de répondre Gracie en tournant la tête vers l'*Eureka*.

Profitant de l'inattention de Gracie, l'officier interroge Michael du regard. Celui-ci hausse les épaules en signe d'ignorance.

— Venez avec moi, dit l'homme. Nous allons d'abord vous fournir des vêtements secs et quelque chose à vous mettre sous la dent. Ensuite, nous vérifierons si vos parents sont parmi les passagers.

Sans rien ajouter, le trio se dirige vers les hangars du port, réquisitionnés et transformés en refuge, où abondent des provisions de toutes sortes. Il y a des boîtes de nourriture et des vêtements de toutes les tailles. Mais, aussi, alignés contre le mur du fond, des cercueils de bois de toutes les dimensions.

Michael détourne les yeux de ce triste tableau. Dans un coin du hangar, des lits de camps offrent aux blessés un confort bien rudimentaire. Une infirmière se penche au-dessus de l'un d'eux. Le garçon reconnaît Alan Newton.

— Attends-moi ici, dit-il à Gracie. Je reviens tout de suite.

Confiant sa protégée aux bons soins d'une dame charitable, Michael se dirige vers le lit de camp.

— Monsieur Newton?

L'officier garde les yeux fermés. Il semble exténué. Une estafilade raye

la peau pâle de sa joue. Sur son œil, un pansement blanc, taché de rouge.

— Monsieur Newton? C'est moi, Michael, répète le garçon en se penchant vers lui.

Alan Newton tourne lentement la tête et pose sur Michael un regard dans lequel perce un immense désarroi.

— Jo... Jonathan est-il avec toi? articule faiblement l'officier.

— Non... Mais Gracie est là-bas, répond-il en tendant un index vers le fond de la salle.

Sur le lit de fortune, Alan Newton s'agite un peu avant de se redresser d'un seul coup.

— Quatorze minutes..., dit-il dans un souffle. Le bateau a sombré en quatorze minutes! Seulement quatorze minutes pour nous sauver. Tous...

De son œil unique, il semble chercher à travers la pénombre du lieu une lumière pour atténuer son désespoir. Il retombe sur la couche en poussant un profond soupir d'épuisement.

— Les dernières nouvelles sont mauvaises, chuchote-t-il comme dans une litanie. Très mauvaises... Plus de mille douze morts...

Michael recule d'un pas.

— Combien d'enfants? hasarde-t-il avec un tremblement dans la voix.

L'officier ferme son unique paupière.

— Sur les cent trente-huit embarqués à Québec, vous n'êtes plus que quatre...

Abasourdi, Michael ne réagit pas. Un frisson le fait trembler. Dans son cerveau engourdi, cette nouvelle prend toute la place.

« Se peut-il que, pour une fois dans ma vie de misère, la chance ait été de mon bord ? Que le destin me soit devenu clément ? » songe-t-il.

— Ils n'ont pas eu ta chance…, murmure encore l'officier avant de lui tourner le dos.

Les épaules de l'officier sont secouées par les sanglots et le garçon comprend qu'Alan Newton aura de la difficulté à exorciser les fantômes de cette tragédie.

— Au revoir, monsieur Newton, chuchote Michael en retraitant vers le centre du hangar.

Celui-ci se retourne brusquement et attrape la main de l'orphelin.

— Nous reverrons-nous, petit ?

— Je ne sais pas…

Alan Newton le regarde un long moment en silence avant d'ajouter :

— Alors, avant que nos chemins bifurquent, je veux que tu saches que je t'admire pour ce que tu as fait. Tu es le garçon le plus courageux que je connaisse.

Ravalant un sanglot, Michael pose sa main sur celle de l'officier.

— Merci, monsieur Newton…

— Adieu, mon gars… Prends bien soin de toi.

Sans ajouter un mot, Michael tourne les talons et marche vers l'endroit où il a laissé Gracie. Elle court à sa rencontre, l'air chaviré.

— Une dame m'a dit que ni papa, ni maman, ni Jonathan ne sont descendus de l'autre bateau ! Tu crois qu'ils sont…

Dans ses grands yeux brillent déjà des larmes de découragement.

— Allons ! Allons ! la sermonne-t-il. Personne n'est sûr de rien ! Il est encore trop tôt. Nous devons attendre. Viens !

Il prend la main de la fillette et se dirige vers un groupe de journalistes qui entourent les derniers arrivants. Dans le ciel, les cris de mouettes et de goélands affamés se mêlent à ceux des sirènes des steamers qui repartent vers les lieux du naufrage en quête d'autres survivants.

16

Le retour

La sirène de la locomotive a remplacé celle des bateaux. Michael et Gracie ont embarqué dans le premier convoi, en direction de la ville de Québec.

— Alors, ma petite, demande un journaliste assis en face de Gracie, te rappelles-tu bien de ce que tu as vécu?

— Oui, répond celle-ci sur un ton laconique.

Elle tourne la tête vers Michael, assis sur la banquette à ses côtés, quêtant du regard son approbation.

Celui-ci hoche la tête en silence.

— Je tenais très fort un câble couvert de graisse noire...

Prouvant ses dires, elle tend les mains vers le journaliste et lui montre les taches que le goudron a laissées sur ses paumes.

— Et après, continue-t-elle, quand le bateau s'est enfoncé, Michael m'a tiré vers lui et...

— Je ne t'ai pas tiré, rectifie Michael. Je t'ai poussé dans le dos.

— C'est sans importance, coupe le journaliste en inscrivant des notes dans son calepin. Dites-moi plutôt si vous avez eu très peur quand le navire a coulé.

Les enfants échangent un regard rempli de sous-entendus. C'est Michael qui prend la parole :

— Tout s'est passé si vite que nous n'avons pas eu le temps d'avoir peur.

Ce n'est qu'une fois le navire disparu sous les eaux, quand nous attendions du secours, que la peur s'est installée partout.

À l'évocation de la terrible attente, Gracie enfouit sa menotte dans la main de Michael, qui se referme aussitôt comme l'aile d'une mère oiseau sur ses petits.

— Vous avez donc eu peur? réitère le journaliste.

— Oui..., souffle Michael. Très peur...

— Et que sont devenus vos parents?

À cette question posée sans vergogne et sans aucun tact, Michael se raidit. Il relève le menton et défie du regard l'homme qui attend, crayon au doigt, une réponse qui fera sensation sur ses lecteurs, à la une de son journal.

— Ils ne sont pas sur ce train, répond calmement Gracie. Ils ont pris un autre train et nous attendent à Québec.

— Quelqu'un te l'a confirmé ? demande encore le journaliste.

— Non...

— Alors comment peux-tu en être sûre ?

Troublée par cette question, Gracie baisse la tête. Son petit menton tremble un peu. Sa main, toujours emprisonnée dans celle de Michael, devient plus chaude, plus moite.

Devinant le trouble de son amie, Michael vient à sa rescousse :

— C'est un élan du cœur, laisse-t-il tomber sèchement.

Gracie tourne alors la tête vers ce compagnon rencontré au hasard d'une nuit sans fin. Elle sait qu'il sera toujours près d'elle pour la protéger, consoler ses chagrins et calmer ses craintes. Il sera son grand frère. Celui sur qui, dans les joies comme dans les peines, elle pourra toujours compter.

— C'est ça, dit-elle en dédiant à Michael son plus beau sourire. Un élan du cœur...

Épilogue

Gracie Hannagan n'a jamais revu ses parents et son frère dont les noms furent inscrits sur la liste des onze cent douze morts. Elle fut prise en charge par sa tante Loreena et son oncle Peter.

De son côté, Michael ne retourna pas en Irlande. Il trouva un foyer et des gens compatissants pour l'accueillir. L'histoire ne dit pas s'il retrouva sa petite sœur, mais ce que l'on imagine aisément, c'est que Gracie et lui restèrent amis pour la vie. Des amis pour qui les expériences passées ont tissé des liens indestructibles que l'élan du cœur garde toujours bien vivants.

Parlons d'histoire

L'*Empress of Ireland* ainsi que tous les noms de personnes ou de lieux cités dans ce roman sont authentiques et véridiques. Seul celui de Michael McIntyre fut inventé pour les besoins de l'histoire.

À l'image du célèbre *Titanic*, l'*Empress of Ireland* était un immense paquebot transatlantique. Il fut construit au chantier maritime Clyde, de la compagnie Fairfield Shipbuilding. Ce vapeur muni de deux hélices mesurait 165 mètres de long sur 20 mètres de large. Il jaugeait 14 000 tonneaux. Son moteur à quadruple extension lui permettait une vitesse de vingt nœuds ; ce qui lui faisait franchir la distance entre Québec et Liverpool, 4667 kilomètres, en seulement six jours.

Le 28 mai 1914, l'*Empress of Ireland* inaugurait sa première croisière d'été. Son capitaine était Henry George Kendall. À trente-neuf ans, après avoir eu une carrière d'aventurier et de détective amateur, il avait pris les commandes de ce paquebot. Après un court entraînement de quatre semaines seulement, il descendait le fleuve pour la première fois.

Sur les 1477 personnes à bord 1057 étaient des passagers. Le reste était composé d'officiers, de stewards, d'une douzaine de femmes de chambre, de cuisiniers, de chauffeurs et de soutiers. La majorité des passagers étaient logés en troisième classe (717) et en deuxième classe (253), tandis que les cabines de luxe, réservées à la première classe, ne comptaient que 87 passagers. Près de 138 enfants voyageaient seuls ou accompagnés de leurs parents.

Les mesures d'urgence regroupaient seize chaloupes en acier, vingt repliables et aussi 2200 gilets de sauvetage, dont cent cinquante pour enfants. Il y avait aussi vingt-quatre bouées. De plus, le 27 mai, soit la veille du départ, trois exercices de sauvetage avaient eu lieu.

Pourtant, le lendemain, quelques heures avant l'aube, dans un banc de brouillard d'une densité peu commune, l'imprévisible se produisit. L'étrave d'un charbonnier norvégien, le *Storstad*, fendait le flanc droit de l'*Empress* dont la trajectoire avait été déviée par mégarde.

Il ne fallut que quatorze minutes à l'*Empress* pour sombrer corps et biens.

Des 1477 passagers, 1012 périrent. Huit de plus que dans la tragédie du *Titanic*. Seulement quatre enfants survécurent.

Encore aujourd'hui, des aventuriers et des curieux cherchent au creux des eaux sombres du fleuve

Saint-Laurent une réponse aux questions qui les hantent...

À notre tour de comprendre pourquoi cette tragédie est passée presque inaperçue. Pourtant, n'est-elle pas plus importante que celle du *Titanic,* survenue deux ans plus tôt ? N'y avait-il pas une petite fortune, composée de cent soixante-trois lingots d'argent dans la chambre forte du paquebot, ainsi que quatre chariots de sacs, entassés dans la chambre de poste et contenant environ 13 000 $ dollars en chèques, dans huit cents lettres recommandées ?

La réponse est pourtant simple... Deux mois plus tard, la Première Guerre mondiale éclatait en Europe, et les journaux, qui couvraient cet événement depuis ses premiers balbutiements, n'avaient plus de temps pour ce malheureux accident maritime.

La mort de ces enfants est demeurée dans l'ombre pendant plusieurs années. Et c'est pour vous, à travers ce roman, qu'elle refait surface...

Table des chapitres

Collection Papillon